LA

PHOTOGRAPHIE CONTEMPORAINE

EN TRENTE-DEUX-COUPLETS

OU

LE COUP DE PEIGNE D'UN COIFFEUR AUX PETITS GRANDS HOMMES,
OU BATELEURS PRIVILÉGIÉS, LES CÉLÉBRITÉS DE PONTOISE.

Chant critique supplémentaire de l'Épître aux Chiffonnniers

de Paris, par **VITAL WALDACH.**

PAR

J. GENTÈS JODIN DE RECHÉBNAD.

PRIX : 5C CENTIMES

PARIS.

JONDÉ, LIBRAIRE-ÉDITEUR

10, Rue du Vieux Colombier, 10

1866

43639

LA

PHOTOGRAPHIE CONTEMPORAINE

EN TRENTE-DEUX-COUPLETS

OU

LE COUP DE PEIGNE D'UN COIFFEUR AUX PETITS GRANDS HOMMES,
OU BATELEURS PRIVILÉGIÉS, LES CÉLÉBRITÉS DE PONTOISE.

**Chant critique supplémentaire de l'Épitre aux Chiffonniers
de Paris, par VITAL WALDACH.**

PAR

J. GENTÈS JOBIN DE RÉCHÉBNAD.

PARIS.

JONDÉ, LIBRAIRE-ÉDITEUR

10, Rue du Vieux Colombier, 10.

1866

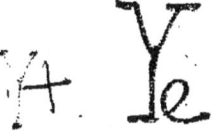

Paris Imprimerie Moquet, rue des Fossés-Saint-Jacques

PROLOGUE

La vérité quand même, oui, telle est ma devise
Qui me fait répéter avec Barthélemy :
Ne vous y trompez pas, le vrai but auquel vise
Le poète avant tout, du beau, du juste ami,
N'est, certes, seulement de conter des bluettes,
Des riens harmonieux, de produire des sons
Plus ou moins éclatants ou des raisons muettes,
Non, plus noble est son rôle, et, suivant ses leçons,
A d'impérieux soins ma verve se marie,
Ainsi que fait la sienne, en faisant dire aux vers
Tout ce que dit la prose en butte à l'avarie
D'œuvres de *balatrons* cyniques ou pervers.
De tout vain préjugé ma muse indépendante
Veut de sa pétaudière exhumer tout maraud
Dont le front plein d'audace ose, en dépit du Dante,
Afficher sa vergogne en trahissant Perrault.
Je veux que, d'épouvante, en frémissant, me lise
Tout franc œil contemplant les damnés du mentir,
Et la stupide erreur qui les criminalise
De la directe voie en les faisant sortir.

Je veux, sans redouter le tort de leur déplaire,
En traitant mon sujet, démasquer des bouffons
L'attirail si piteux qu'il accuse notre ère
D'être celle vraiment d'un siècle de chiffons ;
Car, de tant de façons l'impudique guenille
Sert d'enseigne au théâtre, aux salons d'étendard,
Qu'on l'y voit, tour-à-tour, vareuse ou souquenille,
Manchettes de *Buffon*, sarrau *Lamotehoudard* ;
D'où contre elle en m'armant du fouet de la satire,
Je la veux refouler au pied de son jalon
lignant le chemin du mépris qu'elle attire
Aux larrons du Parnasse et du sacré vallon.

AUX MANES.

DE MON AMI VITAL WALDACH.

Ex-Rédacteur en Chef du *Journal de Gand* et de l'*Écho des Théâtres de Paris.*

———

A toi, cher ami que je pleure,
A toi, cœur tendre, aimable esprit,
Triste victime, hélas ! d'un leurre
Fatal à qui trop s'attendrit,
A ton ineffaçable image
Le sincère, éternel tribut
De ces vers dont seul peut l'hommage
Me faire atteindre mon vrai but.
« Il est encor, dis-tu, sur terre,
En me citant, de vrais amis, »
L'un de nous de l'autre adultère,
Jamais, non, ne l'eût cru Thémis.
De tout travers juste critique,
Le faux toujours te révolta,
Et sous ta loi mise en pratique
Toute erreur eut son errata.
En ton nom souffre que j'envoie
A son adresse un supplément

Au chiffonnier fier de la voie.
Que lui traça ton dévouement!
A ton souvenir, mon seul guide,
J'en dois l'invincible dessein
Qui, me plaçant sous ton égide,
Fait battre ton cœur dans mon sein ;
Car tu n'es mort que pour revivre
Heureux témoin de mon émoi
Auquel tu dois de te survivre
Par une double vie en moi.
Ennemi du charlatanisme,
Ainsi que toi, de tout jongleur,
Autant que du puritanisme
L'est un linguiste non hâbleur;
Je lui veux, dotant sa sottise
D'un emprunt fait à ton crayon,
Prouver qu'est de sa convoitise
L'appât celui du lamproyon ;
Que l'ardente et sainte colère
Que font naître, inspirent tes chants,
Leur doit de l'amour qui l'éclaire,
La haine au plus vil des penchants.
C'est ainsi que, contre la brigue
M'armant toujours ton souvenir,
Ami, viendra contre l'intrigue
Ton souffle au mien, sans fin, s'unir,

Pour s'élever contre la secte
Des plumassiers, vrais *staphylins* (1)
Issus d'une larve d'insecte
Qui ne vaut l'œuf des *francolins* (2).

J. - Gentés Jodin de Rechébnad.

(1) Insectes de l'ordre des Coléoptères, vivant dans le fumier
et les matières animales en décomposition.

(2) Oiseaux de proie de l'ordre des gallinacés, et du genre
perdrix.

LA PHOTOGRAPHIE CONTEMPORAINE

En trente-deux couplets

OU

Le coup de peigne d'un coiffeur aux petits grands hommes, ou
bateleurs privilégiés, les célébrités de Pontoise.

Chant critique supplémentaire de l'Épitre aux Chiffonniers de
Paris, par VITAL WALDACH.

Par J. GENTÈS JODIN DE RECHEBNAD.

PREMIER COUPLET.

PREMIÈRE PARTIE.

INVOCATION.

Sottise humaine, ô folie !
Salut, à toi, par ce chant
Pour la sagesse abolie
Qui dit quel est ton penchant !
Salut orgueilleux délire,
Soutien des *frérons* fardés
Que ton pouvoir fait élire
A titre de prébendés !

II

Salut, c'est toi que j'invoque,
Toi que je viens célébrer

En termes sans équivoque
Que j'ai voulu consacrer
Aux gars à longues oreilles,
Aux Midas devant au prix
De tes faveurs sans pareilles
D'être pour des *Malchus* pris (1),

DEUXIÈME PARTIE.

III

Quel est donc ce Nicodème,
Ce pâtissier mal recuit
Avec son bonnet de crême
Dont est le gland un biscuit ?
J'ai vu sa photographie
Chez *Mayer* et chez *Poirson*
En aimable compagnie
D'un sien ami *Brid'oison* (2).

IV

On voit près du gâte-sauce
Corneille et l'acteur *Turpin* (3)

(1) Un des soldats qui saisirent le Christ, et auquel saint Pierre coupa une oreille.

(2) Personnage de la pièce de *Figaro*, par Beaumarchais.

(3) Personnage de la pièce des *Souliers de Corneille*, par Déshorties.

Cordonnier qui parle et chausse
En véritable crépin.
C'est vraiment chose insolite
Que de voir ces paltoquets
Par leur donneur d'eau bénite
Aspergés en freluquets.

V

Il n'est un seul coin de rue
Qui ne prône l'appétit
D'estomac d'ogre ou de grue
D'affamés que chez *Petit*
Produit un hagiographe,
Prôneur de francs mirmidons,
Aussi bien qu'un photographe
Reproducteur de dindons,

VI

Aujourd'hui la grande mode
Chez gens d'un certain aloi,
Est celle qui rend commode
D'habiter hors de chez soi.
Quel plus charmant point de mire
Que celui qu'aime à viser
Le voisin de qui l'admire,
Cherchant à le deviser !

VII

L'heureux temps de nihilisme
Dont on vante le bienfait
Que celui du réalisme
Où tout n'est que contrefait !
A la hausse est la nature
Que l'on interprète à faux,
D'où l'on voit à l'aventure
Le temps promener sa faux.

VIII

Que de gens du verbe hébète
Par simple conjugaison
Prouvent, ainsi que la bête,
Qu'ils n'ont ni rime, ni raison !
Que d'ignorants pris pour juges
De la science d'autrui
Dont sont achats faits à Bruges
Les seuls titres d'aujourd'hui !.

IX

Vous en anthropologie
Qui n'êtes si fins docteurs
Qu'en fait d'herpétologie
Francs reptiles radoteurs,
Vous seuls, vrais anthropophages,

Méritez l'impur encens
Qu'aux *Milne-Edwards, Quatrefages*
Crispin (1) donne à contre sens.

X

Qu'entre *Cuvier, Saint-Hilaire,*
Naisse un célèbre débat
Un *Bol* (2) en vain qui le flaire
Veut prendre part au combat ;
Toute arme lui paraît bonne
Qui lui sert à fagoter
Et de Paris à Lisbonne
Il irait pour ergoter.

XI

Hableur, pour qui ne diffère
Le reptile de l'oiseau,
L'iusecte a du mammifère
Cervelle, bouche ou museau,
Il est embryologiste
Comme l'est maint médecin
Qui traite en phrénologiste
L'homme à l'égal de l'oursin.

(1) Valet de comédie, le pendant de Scaramouche.
(2) Nom d'écolier de Robinson.

XII

Dans son orgueil il s'adore
Croyant rendre, fier *Python*,
Un oracle d'Épidaure
Au grand dépit de *Pluton*,
Quand de son outrecuidance
Le Dieu, pour le châtier,
Lui scèle au front l'évidence
De son jeu de faux routier,

XIII

Franc Adonis en personne,
Comme dit Michaut, Clovis (1)
Affectant l'air qui mal sonne
De son œil à tourne vis,
Il nous étale ses grâces
Comme la fleur du printemps,
A se voir en douze glaces
Aimant à passer son temps.

XIV

Le chiffonnier qu'on dédaigne,
A la valeur que n'ont pas

(1) Voyez la 3ᵐᵉ des *Douze heures*., par M. Michaut,
Clovis.

Nombre de cerveaux à teigne
Evalués sans compas,
Vrais auteurs de mascarades
Qui font, singes opinants,
Pour leurs grimauds camarades
Ce qu'ont fait leurs suffragants.

XV

Tout ce qu'ils font on l'expie;
Il faut pour être comme eux
Irreligieux, impie,
N'avoir que leurs cerveaux creux ;
De tels bouffons littéraires,
Haillons à répudier,
En chants d'hymnes funéraires
Sont bons à psalmodier.

XVI

Cent des meilleures brochures,
(Avis aux compositeurs),
Ne valent les épluchures.
De ces copistes auteurs.
Fabricants de gros volumes
De tronçons éparpillés
En lambeaux qu'ont pris leurs plumes

Aux auteurs qu'ils ont pillés. (1)

XVII

Vos non vobis, saint-Magloire;
Disent, en pillant Clairaut, (2)
Ces trafiqueurs de ta gloire,
Noble Hégésippe Moreau,
Que pour toi le sort injuste
Fit mourir à l'hôpital,
A leurs fronts hideux s'incruste,
De *Ponroi* le sceau fatal (3).

XVIII

A la hauteur d'une toise
S'élève, dit-on, leur nom
De célèbres de Pontoise
Dont ils doivent le renom

(1)   N'attendez rien de bon d'un peuple imitateur,
      Qu'il soit singe, ou qu'il fasse un livre;
      La pire espèce, c'est l'auteur.
                                        (*La Fontaine*).

Il n'est permis de piller un auteur qu'à la condition de le tuer, ce qu'ils n'ont le pouvoir de faire.

(2)   Clairaut, Alexis-Claude, célèbre géomètre, auteur de la *Théorie de la figure de la terre.*

(3)   Auteur de l'œuvre poétique intitulée : *Formes et couleurs.*

Aux si dévoyants mémoires

Dont le pouvoir laxatif,

Renforcé par leurs grimoires,

Est celui d'un purgatif.

XIX

Est-il un seul homme au monde,

A moins que d'être idiot,

Dont n'ait pénétré la sonde

Le filon à timbre Goth

De la veine métallique

Qu'ont les gosiers enroués,

A la voix rauque et bellique

Des Trublets-diables (1) roués ?

XX

Caméléons, que leur queue

Suspend en se laissant choir,

Ils font voir l'écale bleue

De leur orbite à fond noir

(1) Allusion à la pièce du *Pauvre diable*, par Voltaire, contre l'abbé Trublet, qu'il caractérise si malignement par ce vers :

« *Il compilait, compilait, compilait.* »

Nous pourrions ajouter : avec la résignation d'un copiste, *moins la verve d'un poète inspiré*, en empruntant cette expression, ainsi modifiée et soulignée, à M. Nestor Roqueplan, dans le portrait qu'il a tracé d'Adolphe Adam.

S'enluminant de colère
Au plus faible achoppement,
Que leur orgueil ne tolère
Sans user d'emportement.

XXI

Tel du succès de scandale
D'un créateur hébété
D'une œuvre plus que banale
Obtient le prix haut fêté
Qui voit ses apologistes,
Se soulevant d'un seul bond,
Traiter, purgons humoristes,
Un validé en moribond.

XXII

Qui, fort de l'esprit d'un autre,
Vous fait croire avec son or
Sien froment d'autrui l'épautre,
N'est qu'un nigaud matador
Fier du reflet de poussière
De la cendre d'un défunt
Sur qui s'éteint la lumière
De son faux éclat d'emprunt.

XXIII

Ce pédant qui, dans sa prose

De Basile (1) illuminé
Croyant être quelque chose,
Se montre prédominé
Par l'orgueil de l'air modeste
Qu'il n'affecte qu'à regret,
N'est, parodiant Alceste (2),
Qu'un trompe-l'œil indiscret.

XXIV

Quelle chose ne se passe
Au monde aujourd'hui, bon Dieu !
De l'étendue est l'espace
Si grand ! et pourtant nul lieu
N'est exempt de mille scènes
De foire et de caboulots
Où s'escriment des Mécènes
D'arlequins lettrés poulots.

XXV

Plus souples que des anguilles,
Des savants, ainsi parqués,
De Londres paquets d'aiguilles

(1) Sorte de Tartuffe reproduit par Beaumarchais.
(2) Grave et sérieux personnage (du *Misanthrope*) de Molière.

Sont, dirait-on, débarqués.
Du talent le thermomètre
N'est autre que son savoir,
Seul estimateur du mètre
Qui mesure son pouvoir.

XXVI.

En plus d'un lieu, pour arbitres,
Ne trouve aux bancs des savants
Le vrai savoir que des huîtres
Et des jaloux desservants,
Avec l'aplomb du sans-gêne
Des plus nuls, pauvres esprits,
Tailladant un Origène (1)
Sans comprendre ses écrits.

XXVII.

On y pèse, on y balance
Au poids de l'instinct vénal
L'esprit lettré qu'on relance,
S'il annonce un Juvénal (2) ;
La preuve en est qu'au registre

(1) Savant père de l'Église grecque, auteur de commentaires très-estimés sur l'histoire sainte.
(2) Auteur satirique latin.

Le thermomètre à zéro
Descend, au rang de maint cuistre,
A glace à son numéro.

XXVIII.

Le haut mérite n'y sait plaire,
Et son pouvoir méconnu
Dit que tout capitulaire
Du chapitre a l'esprit nu.
Il faut, pourtant, qu'on le sache,
Que le monde en soit instruit :
Où la lumière se cache
Rien de clair ne se produit.

XXIX.

Plus qu'en lettres, ces Messires
En science n'étant rois,
Sont de nuls, impuissants sires,
Vains bailleurs de fausses croix
Au crétin qui sollicite
L'honneur d'être *Helléborus* (1)
Que Pierre Véron crédite,
Débitant *Diafoirus.*

(1) Principal personnage du roman si réellement historique *Les marchands de santé*, par Pierre Véron.

XXX.

Par malheur, ce qui les tue,
Le bon sens public est là
Qui renverse la statue
Qu'on érige à ces gens-là,
Et, par suite, ainsi s'allége
Le poids du si lourd fardeau
D'auteurs d'almanachs de Liége
Écrits par des porteurs d'eau.

XXXI.

Je finis, car ma franchise
Signalerait tant de sots
Reniés des dieux qu'*Anchise*
Emporta dans ses vaisseaux,
Qu'on s'effraierait de connaître
Tous les portraits qu'un *Rama* (1)
Par son souffle fait renaître
Des réprouvés d'*Adama*. (2)

XXXII.

Adieu donc, Messieurs les singes,

(1) Dieu de l'Inde et de la Chine.
(2) Ville de la Palestine, dont les habitants subirent le sort de Sodome et de Gomorrhe.

Obtus crânes dont les os
A vos cerveaux sans méninges
Font que l'on dit : *Nescio vos.*
Adieu, profanes reliques
D'ossements d'ignorantins,
Plagiaires moins bibliques
Que trois fois sots fagotins.

XXXIII.

L'amour vrai de la science,
Qui n'a que lui pour soutien,
A l'humaine conscience
Dit qu'elle a tort ; il fait bien.
Du chant que je psalmodie
Tel est le but, cher lecteur,
A toi seul je le dédie,
Moi, ton humble serviteur.

Ce chant sera suivi d'un autre apologétique du caractère distinctif des écrivains consciencieux dont les œuvres et la bonne foi révèlent l'amour de la vraie science et de la saine littérature.

LE PARASITE ET LE POËTE.

FABLE.

Vous êtes vraiment fou d'aimer tant rimailler,
C'en est fait, croyez-moi, de la littérature,
Les vers, on n'en veut plus, aujourd'hui fait bâiller
Le sonnet d'Uranie en dépit de Voiture,
     De Benserade n'est le Job
       Que l'œuvre du cerveau d'un bob,
Disait un parasite, aussi sot que superbe,
A l'estimable auteur d'un bon ouvrage en vers,
Parler comme un Racan la langue de Malherbe,
A l'entendre, c'était le plus grand des travers ;
D'ailleurs, ajoutait-il, n'est dans la linguistique
D'autre art vraiment réel que celui d'un jargon,
Quel qu'il soit, dont le sens, achevant un distique,
Au mot sacrifié, rime avec Harpagon.
Harpagon véritable est, lui dit le poète,
En effet, tout faquin pour qui l'habit est tout,
Dont la raison se borne à l'instinct de la bête,
Et qui se dit : l'argent est mon passe-partout.
     D'un tel éclat d'emprunt qui brille
     Est, selon moi, plus vaniteux
     Qu'un mollusque, fier, orgueilleux

Des deux valves de sa coquille.
Ce mollusque du moins, qui, si vain se prévaut
De ce qui n'est qu'à lui, vaut, lui, tout ce qu'il vaut ;
Mais un fat, un pédant qui se fait un faux lustre
Du vol à prix d'argent d'un art qui n'est le sien,
   N'est vraiment, à mes yeux, qu'un rustre
   Qui d'autrui profane le bien.

En dépit des jaloux, des sots de toute espèce,
Non, non, quoiqu'on en dise, en tout temps les bons vers,
Ont fait, feront aimer la langue qui ne cesse
D'exprimer du vrai beau les sentiments divers.
A vous donc qui si peu prisez la poésie,
Et qui la croyez morte à n'en plus revenir,
A vous de voir au gré de votre fantaisie
Le sort qu'à son présent réserve l'avenir ;
Mais à moi, comme vous qui n'ai point la berlue,
De vous prouver, partant d'un autre point de vue,
Le tort que vous avez d'oser traiter de fou
Qui ne vit parasite en frélon ou coucou.

Le poète a raison, sont fous de jalousie
Les faquins, gens niais, dont est le cœur charnu
Dans ses fibres atteint de la paralysie
   D'un esprit vide et nu.
    J. Gentès Jodin de Rechébnad.

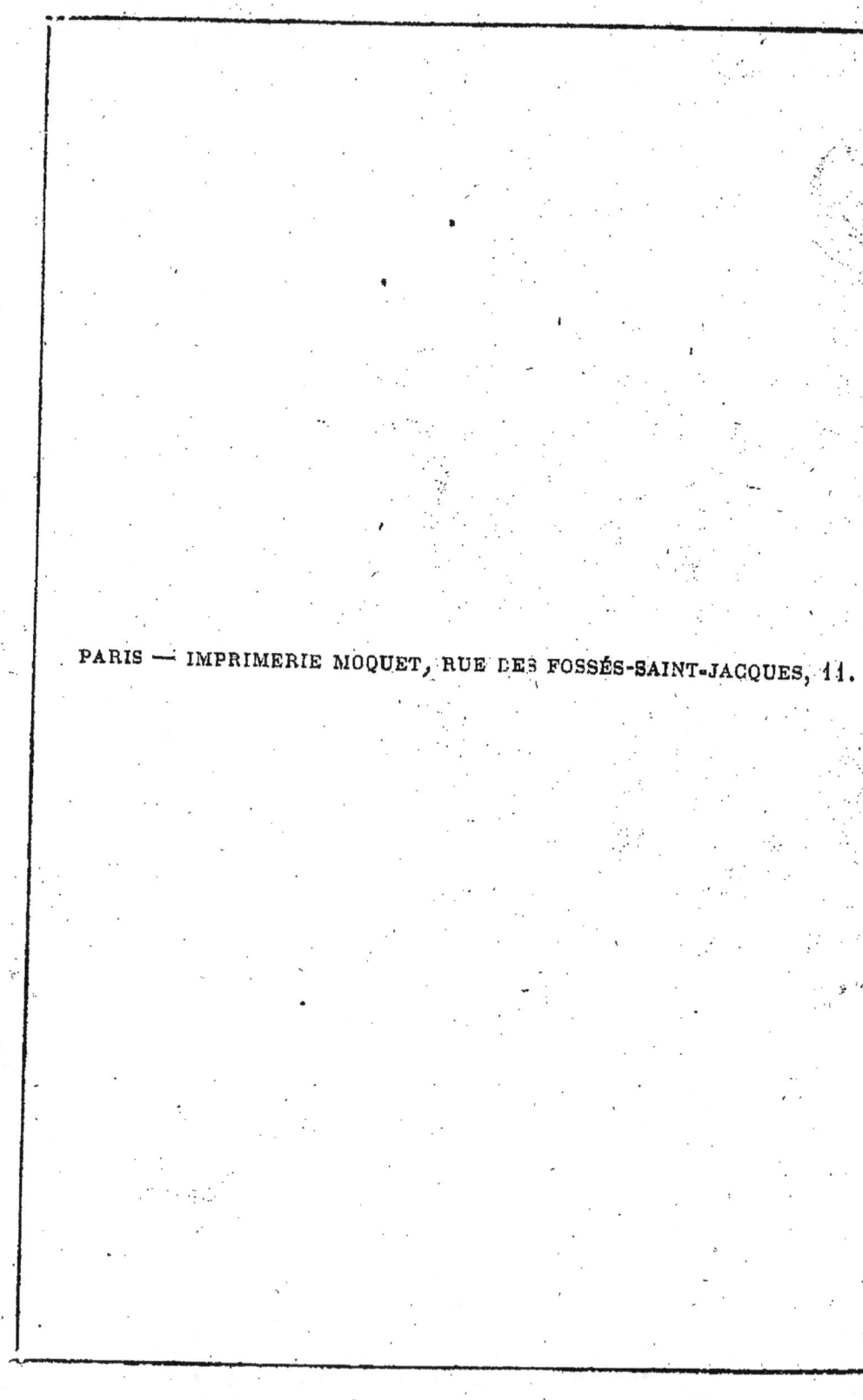

PARIS — IMPRIMERIE MOQUET, RUE DES FOSSÉS-SAINT-JACQUES, 11.

www.ingramcontent.com/pod-product-compliance
Lightning Source LLC
Chambersburg PA
CBHW061632180626
46818CB00005B/2344